PRÉFACE,

(*Car il en faut toujours une.*)

ON ne ſera pas étonné ſans doute de voir une Comédie faite par une *Société de Gens de Lettres* : c'eſt ainſi que tout ſe fait aujourd'hui, même les Almanachs. Auſſi, pour n'être pas ſoupçonné d'avoir eu des ſecours de cette eſpèce, l'Auteur d'une des plus grandes entrepriſes qui ayent illuſtré ce ſiècle, l'Auteur de l'Ouvrage le plus répandu dans l'Europe, après l'Almanach de Liège; l'Auteur, en un mot, de l'Almanach des Muſes, a imprimé, en 1779, cette Note remarquable : « L'Almanach des Muſes a été *établi* » par M. Sautreau de Marſy, SEUL, en 1765.... Il » n'a *jamais* eu *d'aſſocié* pour ce Recueil. » L'on voit par cette Note combien M. Sautreau de Marſy craignait de partager les honneurs de ſon Almanach. On a ſu depuis, par *la renommée*, qu'il était encore chargé de la Littérature du Journal de Paris, poids immenſe de travail & de *gloire* fait pour cet infatigable Atlas; mais le porte-t-il SEUL, comme l'Almanach des Muſes ? C'eſt ce qu'on n'oſeroit pas aſſurer.

Pour *nous*, *nous* ſommes une Société; & quand même des gens malins voudraient faire croire que c'eſt encore une plaiſanterie, & que *nous* ſignifie ici, comme ailleurs, M. N., M. N. ſerait encore autoriſé à parler au pluriel pour ne pas déroger à la dignité de l'uſage, qui a ſubſtitué le *nous*, comme plus modeſte, au *moi*, proſcrit par les Ecrivains de Port Royal.

Nous commencerons donc, ſuivant la coutume, par diſtribuer aux différens Membres de notre *Société* la portion d'éloges qui leur eſt dûe; mais quoiqu'il ſoit de règle, en ce cas, que chacun ſoit chargé de ſon article, attendu qu'on ſait toujours mieux que perſonne comment on veut être loué; cependant nous prendrons ſur nous de louer tout le monde, pour avoir plus tôt fait, & parce que le temps nous preſſe.

Nous reconnaîtrons d'abord les obligations infinies que nous avons à M. N., qui a lu *notre* Pièce à la Comédie, comme s'il l'avait faite, & dont la verve comique, échauffée par le ſeul projet de la Scène de M. Claque, qui a été conçue devant lui, enfanta tout d'un coup ce vers heureux :

> Je gagnais en *Bravo* mes vingt écus par mois :

vers que nous adoptâmes ſur le champ avec le tranſport de la reconnaiſſance, vers qui ſuffirait pour l'immortaliſer, s'il n'était d'ailleurs connu dans le monde par ſon talent pour les Harangues & les *Complimens* d'une tournure nouvelle, & pour la *Pirouette à trois temps*.

Nous avons auſſi grandement profité des lumières

de M. N. dont la *modeſtie* nous défend de faire ici ſon panégyrique : ainſi, nous nous contenterons de dire qu'il a envoyé pluſieurs fois au Journal de Paris des *gaîtés innocentes*, & fourni même plus d'un article au Nécrologe : ajoutez à tout cela qu'il ſait d'Arithmétique tout ce qu'on en peut ſavoir; d'où l'on voit qu'il eſt inconteſtablement *un des plus beaux Génies du ſiècle.*

Mais, que dirons-nous de Mde. N. qui nous a fourni cet heureux refrein que chante le Vaudeville en entrant ſur la Scène : *Turelure lure, & flon flon flon, &c.* & qui de plus a fait deux copies de la Pièce avec une exactitude rare, &, ce qu'on aura peine à concevoir, ſans manquer à l'orthographe, ſi ce n'eſt qu'il n'y avoit ni points ni virgules? Mais, diſait M. N., c'était de peur qu'on ne l'accusât de *mettre les points ſur les i.*

« Oh! pour le coup, voilà un Calembour. » Oui Meſſieurs; mais nous avons cru devoir le rapporter pour apprendre à l'Auteur des petites Affiches ce que c'eſt qu'un Calembour; car quoiqu'il ne ſoit pas du ſiécle de Molière, & qu'il ſoit bien de celui-ci, il a l'air d'ignorer, tout comme lui, ce qu'on appelle Calembours, puiſqu'il prétend que nous en avons fait beaucoup, même de *fort mauvais.* La vérité eſt que nous n'en avons fait d'aucune eſpèce, & que ſi dans la Pièce imprimée, où l'on n'a pas retranché un vers, il peut nous montrer un ſeul endroit qui reſſemble, même de loin, à un jeu de mots, à une pointe, à un Calembour, nous conſentons, pour notre pénitence, à lire tout un Chant de la Pſyché de M. l'Abbé Au***, ce qui n'eſt peut-être jamais arrivé à perſonne.

Non contents de nous accuſer de Calembours, le même Auteur nous reproche d'être plus *Satyriques que gais.* Nous ne pouvons là-deſſus répondre d'une manière auſſi péremptoire que ſur le fait des Calembours. Dieu nous préſerve d'entreprendre de prouver que nous ſommes *gais :* nous ſommes même convaincus que ſi le Ciel nous avait fait cette grâce, notre *gaîté* n'égayerait jamais M. l'Abbé Au***; mais ce qu'il ne pourra pas nier, c'eſt que ſi l'ouvrage n'eſt pas *gai*, le Public qui en a ri, l'était beaucoup.

« Auſſi pourquoi vous attaquer à leurs Hautes Puiſ-
» ſances nos Seigneurs les Journaliſtes ? Ignorez-vous
» qu'eux ſeuls diſtribuent les *ſuccès*, les *réputations*,
« les *Sceptres*, les *Couronnes*, & que rien de tout
» cela n'exiſte que pour ceux qui veulent bien le
« recevoir de leurs mains ?

Voilà ce que nous ont dit, par intérêt pour nous, d'honnêtes gens qui prétendent qu'il faut être actuellement un profond *Politique* en Littérature *pour aller au grand :* ſur quoi nous avons répondu qu'à la vérité nous étions fort peu *Politiques*, & que nous irions où nous pourrions; mais qu'au reſte nous avions eu ſoin de ne pas envelopper tous les Journaliſtes dans un anathème qu'ils ne méritent pas tous ; qu'on pouvait s'en rapporter au Public & à leur conſcience qui les jugent avec une égale équité ; que ceux qui ont des lumières & de l'honnêteté ne nous accuſeront ſûrement pas de les avoir confondus avec ceux que nous avons placés ſur le Tribunal de l'Ignorance ; & qu'à l'égard de ces derniers, nous nous en ſoucions fort peu.

« Et la tirade du Journal de Paris ? »

C'eſt une pure plaiſanterie, une plaiſanterie même, à ce qu'il nous ſemble, aſſez douce, une *gaîté*, comme diſent ces Meſſieurs. Ce n'eſt pas que nous prétendions que nos *gaîtés* vaillent les leurs. Ils s'en ſont permis quelquefois d'un genre dont nous ne nous flattons pas d'approcher jamais ; ce qui n'empêche pas que nous ne rendions juſtice à leur feuille. Nous n'ignorons pas que des gens mal intentionnés voudraient inſinuer que ſon plus grand mérite eſt de paraître tous les jours ; mais ce qui prouve le contraire, c'eſt que les petites Affiches ont le même avantage, & que pourtant, en fait de *génie*, (car il faut toujours en revenir là) la Feuille de Paris eſt très-ſupérieure aux petites Affiches.

Nous pourrions nous étendre beaucoup davantage, mais nous voulons avoir le mérite de nous arrêter, même dans une Préface. Peut-être trouvera-t-on celle-ci déjà trop longue ; mais ſi l'on fait réflexion que les Préfaces ſemblent n'avoir été inventées que pour donner aux Auteurs le plaiſir de parler d'eux tout à leur aiſe, on concevra qu'il faut leur ſavoir gré de finir & encore plus d'abréger.

P. S. Bon ! voilà-t-il pas que notre ami, M. Miſogramme, eſt venu ſe plaindre à nous, avec bien plus d'humeur, vraiment, qu'il n'en a dans ſa Scène avec Molière ? On lui a fait voir un article du Mercure où M. de C** parle de la Comédie nouvelle que l'on joue au Théâtre Français, à-peu-près du même ton que l'Auteur des Affiches. Cela ne fait rien à M. Miſogramme ; mais ce qui l'a mis dans une vraie colère, c'eſt ce qu'on dit de lui particuliérement, que c'eſt *une eſpèce de Bourgeois Miſantrope qui déclame contre ceux qui aiment, jugent & parlent des Spectacles.* « Oh ! pour » cela, (nous a-t-il dit) c'eſt une pure calomnie. « *Bourgeois*, paſſe, je n'ai pas la prétention d'être » plus que je ne ſuis ; mais *Miſantrope*, il n'y a au » monde que M. de C** qui s'aviſe de m'en accuſer. » Je ne vous ſais point mauvais gré de m'avoir montré » ſur la Scène tel que je ſuis, & de m'avoir fait dire » ce que je penſe ; mais je ne puis pardonner à M. de » C** de me traveſtir ſi étrangement. Moi Miſantrope ! Eh ! vous ſavez, Meſſieurs, que je ſuis le meil» leur homme du monde. Je ne demande qu'à rire, à » dîner gaîment, à faire mon trictrac, à pouvoir parler » un peu d'affaires & de nouvelles, parce qu'enfin cela » m'intéreſſe. Je ſuis ſi loin d'être *Miſantrope*, que je

» veux boire avec mes Paysans, avoir mes *Vassaux* pour » *amis*, & faire *un piquet* avec mon *Fermier*. Y » a-t-il dans tout cela le moindre trait qui ressemble » à la *Misantropie ?* Où a-t-il pris que je *déclame* » *contre ceux qui aiment les Spectacles ?* Je ne suis » point capable de cette sottise. J'aime les Spectacles » comme un autre, & j'y vais quand j'en ai le temps. » A l'égard de ceux qui en *parlent* & en *jugent* tout » de travers, j'ai pu en être excédé souvent, comme » je le suis de la manie épidémique d'écrire sans talent » & de décider de tout sans rien savoir. Voilà ce dont » je me suis plaint, &, je crois, avec quelque raison & » sans *déclamation*. Serait-ce donc une injure person- » nelle que j'aurais faite à M. de C**, sans m'en douter? » Est-ce que je sais moi s'il *juge* bien ou mal les Specta- » cles ? En quoi l'ai-je offensé ? Pourquoi, dit-il, que je » suis un *frondeur intolérant?* Je fais grand cas de la tolé- » rance; mais suis-je obligé de *tolérer* cette rage de l'esprit » qui est la maladie du jour ? Il se plaint que beaucoup *de* » *gens lui ont fermé leur porte par amour propre,* » *lorsqu'ils devaient la lui ouvrir par reconnoissance.* » Cela ne peut pas me regarder, puisque je ne le » connais pas, & je ne puis avoir avec lui ni *amour* » *propre ni reconnoissance*, puisque je ne l'avais ja- » mais lû ; mais un de mes amis qui l'a lû pour » son malheur, m'a chargé de vous remettre cette » Lettre, & vous prie de la rendre publique. Il y » examine la manière de juger & d'écrire de M. de

» C*** je ne m'en mêle point; mais je crois qu'on » peut lui dire ſon avis, puiſqu'il aime tant à dire » le ſien ».

Là-deſſus M. Miſogramme nous a remis la Lettre ſuivante, que nous croyons devoir publier, parce qu'elle peut faire connaître dans quelle claſſe de Journaliſtes M. de C*** doit-être placé.

LETTRE
D'UN AMATEUR DU SPECTACLE,
A M ***.

Tout Paris s'obſtine, Monſieur, à vous attribuer la Pièce nouvelle : c'eſt un cadre où vous avez fait entrer une partie des travers & des ridicules du jour. On ne peut nier que nous n'ayons beſoin d'une cenſure de cette eſpèce, & je vous exhorte, au nom du Public, qui vous applaudit de ſi bon cœur, à la continuer. En même temps je ſuis chargé par beaucoup d'honnêtes-gens, Amateurs du Théâtre comme moi, de vous demander juſtice d'un homme qui prétend bien la faire de tout le monde, & qui depuis le Pancrace de Molière, eſt bien le Juge le plus riſible qui ſe ſoit aviſé de régenter les Arts & les Artiſtes. Cet homme (pour me ſervir de vos expreſſions)

> Qui prononçant en Maître écrit en Écolier,

qui ſe donne le titre d'homme de Lettres, quoiqu'il ne ſache pas même écrire une phraſe en Français, eſt M. de C***, chargé, l'on ne ſait pourquoi, de l'article des Spectacles, dans le Mercure de France. Soyez ſûr, Monſieur, qu'il y a long-temps que la manière étrange dont il le rédige aurait été déférée au Public, ſi l'on ne s'en fut abſtenu par égard pour des gens de mérite qui travaillent à ce Journal, & qui en vérité ne devraient pas avoir M. de C*** pour Aſſocié. Je ſais qu'eux-mêmes en ſont bien ſouvent embaraſſés & confus, & qu'ils ſentent combien il eſt triſte qu'un article ſuſceptible d'être ſi agréable & ſi intereſſant, ne ſoit curieux que par l'excès du ridicule. En effet, Monſieur, ſi vous y jetez quelquefois les yeux, n'êtes vous pas frappé de ce ton ſi plaiſamment emphatique, de cet air d'importance dont M. de C*** parle de ſa *miſſion*, des *devoirs que lui impoſe la place qui lui eſt confiée*, de ſon *emploi*, de ſon *fardeau*, de ſon *courage*, qui ſans doute n'eſt pas celui dont il parle ailleurs, lorſqu'il dit en propres termes, *le courage que donne la malignité*? liſez, ſi vous le pouvez, ſa converſation avec une Mde. Cloé qu'il introduit ſur la ſcène, & vous aurez peine à comprendre qu'on parle ainſi de ſoi-même; vous le verrez ſe donner le titre d'*Ariſtarque*, ſe plaindre qu'un homme qui rend compte à ſouper d'une pièce nouvelle, *s'empare effrontément de ſon eſprit*, de *l'eſprit* de M. de C***; vous verrez que là-deſſus Mde. Cloé *lui ſerre la main*; vous le verrez s'étonner qu'on ait *la fureur de juger les Juges*, & ces *Juges*, c'eſt M. de C*** *chez qui l'on eſt trop heureux de prendre un avis*, *une manière de penſer*, & qui s'indigne *que les pauvres ayent le droit d'inſulter ceux qui leur font l'aumône.*

Quelque *pauvre* que je ſois en ce genre, je vous aſſure, Monſieur, que je n'ai jamais eu recours aux *aumônes* de M. de C***, & que ne faiſant point uſage de ſes richeſſes, j'ai le droit de les évaluer ; ou plutôt c'eſt vous-même que je veux en faire Juge. Je crois bien que vous les appréciez d'avance ſur ce que je viens de vous citer. Il y a un oubli de toutes les convenances qui ne peut jamais appartenir à un eſprit éclairé. Auſſi ce grand Arbitre du Théâtre, qui ſe croit appellé de toute éternité *à la défenſe de l'Art Dramatique*, n'a-t-il jamais la meſure juſte de l'éloge ni de la critique. Il parle des Actrices avec une dureté indécente, des plus grands talents avec une morgue magiſtrale : il vous dira que le Kain donnait au rôle de Nicomède *une couleur de perſiflage & un ton de myſtification* ; qu'il excitait ce rire que la Comédie ſeule doit faire *éclore* ; vous voyez qu'il s'exprime comme il juge. Quoiqu'il ait paſſé ſa vie à ſuivre les Spectacles & à lire tous les Répertoires & tous les Dictionnaires Dramatiques ; quoique ce ſoit-là, comme il le dit lui-même, l'objet de toutes *ſes études*, vous ne trouverez pas dans ſes articles une ſeule pièce bien analyſée, & tout ſon mérite ſe réduit à quelques obſervations très-communes ſur le jeu des Acteurs, obſervations qu'il ne ſait pas même énoncer dans les termes de l'Art. Vous trouverez un *débit mal attaché*, un *point d'illuſion* ; ailleurs c'eſt une Actrice qui reſſemble à une femme *perſécutée par des convulſions intérieures. L'intérêt de ſon jeu, de l'effet, de l'expreſſion & de ſon organe, l'invite*, &c. *L'intérêt de l'effet* ! Puis demandez au Critique, dans quel ſens il a mis ce mot, *l'intérêt de ſon jeu:* il ſera bien embarraſſé. Eſt-ce l'intérêt qu'elle met dans ſon *jeu?* Eſt-ce celui qu'elle doit mettre à ce que ſon *jeu* ſoit bon? Dans tous les ſens, la phraſe eſt ridicule. Eſt-il permis d'écrire ſi mal, lorſqu'on fait les *fonctions de Juge?* Eſt-il permis de dire que *les nuances proſcrivent toute comparaiſon;* d'ignorer ſa langue au point d'écrire des phraſes telles que celles-ci: « La » poſtérité *briſe* les arrêts.... dans notre manière de » juger, il n'entre *d'autres cauſes que celles de la vérité* » *& de l'amour du bien.... L'événement qui a réduit en* » *cendres* la Salle de l'Opéra.... Ce premier malheur » *fait trembler pour* d'autres.... *entourez vos conſeils* » *d'un peu de galanterie....* nous ſommes *avides d'é-* » *clairer.... du travail & du courage la rendront* propre » à l'emploi des Reines.... les jouiſſances de l'âme » *étoufferont les ſarcaſmes* de l'eſprit.... Racine tient » ſur le Parnaſſe le rang que lui *a dû* ſon génie.... » Cette ſortie amère prouve plutôt la haine de la Cri- » tique, qu'elle ne *parle* contre la juſteſſe d'eſprit.... » L'homme *né avec des idées* aſſez juſtes pour *tenter* » *la connoiſſance du* cœur humain.... Le but du » Théâtre eſt *l'amendement* des mœurs & la *correction* » des ridicules, &c. &c. &c. »

Un Écrivain qui tombe, preſque à chaque ligne, dans ces fautes groſſières contre la Grammaire, le bon ſens & le goût, dont le ſtyle n'eſt qu'un lourd & monotone aſſemblage de phraſes triviales & pédanteſques, & d'expreſſions paraſites prolixement accumulées, a-t-il bonne grâce à s'arroger le titre de *Critique* & *d'Ariſtarque?* Lui ſied-il bien de ſe faire cajoler par Molière & par Deſpreaux, dans un rêve où il fait parler à ces deux grands hommes la langue de M. de C***, où ils accueillent dans l'Éliſée M. de C***, où l'Auteur du Tartuffe ſourit à M. de C***, & lui dit, *tu ſeras des nôtres;* où Molière dit toujours à M. de Ch***; *ami:* ce qui doit plus que tout le reſte étonner le Lecteur qui s'attend que Molière lui dira, Maître; enfin, où Boileau parle d'un *cauſtique impudent* qui ferait *regretter* la découverte de l'impreſſion? Conçoit-on qu'on oſe mettre dans la bouche de Boileau ces plats ſollécismes? Conçoit-on qu'en parlant de Dancourt, on diſe dans la même page, qu'*il n'a guères travaillé que dans un genre aſſez piquant pour le moment où il travaillait, mais peu intéreſſant pour la génération ſuivante,* & enſuite que *les pièces où il peint des payſans auront du ſuccès auſſi long-temps qu'on parlera la langue Françaiſe.* Et qui ne rirait de voir tant d'inconſéquence dans un *Ariſtarque?* Qui ne rirait de cette phraſe qui eſt un modèle du ſtyle qu'on appele niais? « Toutes les fois » qu'il faut opter entre un petit mal & un grand, les » *bons eſprits* ont bientôt fait leur choix. » Quand on place ſi bien les *bons eſprits*, ne donne-t-on pas une grande idée du ſien? Voulez-vous un echanrillon de la manière dont M. de C*** raconte; il raconte comme il rêve. Liſez les *deux Soirées*, Conte qui tient lieu de l'article *Spectacle*, du 12 Janvier dernier. « Il *eſt un*

» *réduit public ſitué au ſein* de la Capitale, où ſe raſſem-
» blent ordinairement nos Oiſifs, nos Nouvelliſtes &
» les *Juges modernes* de nos Arts. » Ce début n'eſt-il pas bien du ton d'un Conte ? Et remarquez *ces Juges modernes*; n'eſt-il pas merveilleux que les Juges anciens n'y ſoient pas ? « Je *tournai mes pas* vers ce réduit. » Un Héros de Tragédie s'exprimerait-il plus noblement, & peut-on donner une plus grande idée de M. de C* ** *tournant ſes pas* vers le caveau ?

En voilà, bien aſſez, Monſieur; car après vous avoir fait rire, je craindrais de vous ennuyer, & c'eſt l'effet que produiſent ſur les *bons eſprits*, les articles de M. de C***. Vous me direz que bien d'autres écrivent & jugent dans le même goût; mais c'eſt auſſi par cette raiſon que le Public perd quelquefois patience, & un Écrivain de cette eſpèce nuit enfin au Journal le plus eſtimable.

Je ſuis, &c.

MOLIERE
A LA NOUVELLE SALLE,
OU
LES AUDIENCES DE THALIE,
COMÉDIE.

PERSONNAGES.

APOLLON.
MELPOMÈNE.
THALIE.
MOLIÈRE.
M. BAPTISTE, *ancien Garçon de Café & Poëte.*
M. MISOGRAMME, *Négociant.*
LE VAUDEVILLE.
LA MUSE DU DRAME.
MUSES, &c.

La Scène est sur le Théâtre de la Comédie Française.

MOLIÈRE A LA NOUVELLE SALLE, OU LES AUDIENCES DE THALIE, COMÉDIE.

SCÈNE PREMIÈRE.

MELPOMÈNE, THALIE, MOLIÈRE.

THALIE.

Oui, Melpomène & moi, qu'un même ſoin raſſemble,
Nous venons en ces lieux pour y régner enſemble.

MELPOMÈNE.

Nous venons toutes deux, célébrant ce grand jour,
Inſtaller nos Sujets dans leur nouveau ſéjour.

THALIE.

Mais quelle faveur singulière
Me fait trouver ici Molière ?
Quel surcroît de bonheur!

MOLIÈRE.

Quoi donc? Souffririez-vous
Qu'on m'eût voulu priver d'un spectacle si doux?
Apollon m'a permis de partager la fête ;
Je viens pour en jouir : c'est pour moi qu'on l'apprête.
Vos Élèves chéris sont mes enfans, à moi;
Je suis leur Fondateur, leur Père.
Avant de s'appeler *Comédiens du Roi*,
Ils ont été long-temps *la Troupe de Molière.*
Je m'en souviens toujours, & ce titre, à leurs yeux ;
J'aime à le croire au moins, est encor précieux.

MELPOMÈNE.

Ah! je vous suis garant de leur reconnaissance :
Votre nom, l'honneur de la France,
Est à jamais sacré pour eux.
Ils ont, comme un riche héritage,
Gardé jusqu'au Fauteuil où vous étiez assis ;
Contre le temps & son outrage,
Ils en défendent les débris.

MOLIÈRE.

M'apprenant leurs bontés, vous y joignez les vôtres,
Et de leur souvenir ce gage convaincant....

THALIE.

Mais vraiment, ce Fauteuil en vaut bien quelques autres;
C'eſt dommage qu'il ſoit vacant.
La gloire d'y ſiéger ne ſerait pas vulgaire;
Mais depuis bien long-temps, & c'eſt mon déſeſpoir,
Je n'y vois perſonne s'aſſeoir
Que *le Malade imaginaire.*

MELPOMÈNE.

C'eſt qu'il eſt des talens qu'on ne remplace pas.

MOLIÈRE.

Je ſuis flatté que Melpomène
Faſſe des miens autant de cas.
Par votre ſœur Thalie amené ſur la Scène....

MELPOMÈNE.

Serait-elle la ſeule à vous apprécier?
J'en ſuis digne peut-être, & je dois dire encore
Que, même ſans parler de votre art que j'honore,
J'ai plus d'une raiſon de vous remercier.
Je ſais qu'autrefois le premier,
Molière encouragea les eſſais de Racine;
Que, démêlant dès l'origine
Tout ce qui parut fait pour acquérir un nom;
Sur la Scène, à douze ans, il fit monter Baron.

MOLIÈRE.

J'aimai tous les talens avec idolâtrie.
Il eſt vrai, j'oſe m'en vanter,

Et c'eſt ſur-tout par-là que je crois mériter
Que ma mémoire ſoit chérie.
Tous mes Camarades jadis
Pour moi furent autant d'amis.
Tout nous était commun, travaux, plaiſir & gloire;
De tous leurs intérêts j'étais le défenſeur,
Auprès de ce grand Roi, qu'au ſein de la victoire
Amuſait de nos jeux la paiſible douceur.

MELPOMÈNE.

Eh bien, un jeune Roi, ſon digne ſucceſſeur,
Que l'Europe révère, & que ſon Peuple adore,
A fait plus aujourd'hui pour nos arts qu'il honore.
Vous-même l'avez vu ce temps,
Où nos Suppôts, jouets de mille changemens,
N'obtenaient qu'avec peine un aſyle précaire,
Y tranſportaient leur Troupe errante & tributaire;
De la ville aux fauxbourgs, de quartiers en quartiers,
Promenaient tour-à-tour leur Scène & leurs foyers.
Même, lorſque l'on crut leur demeure fixée,
Combien elle était loin d'être digne de nous!
Tandis qu'avec éclat notre gloire annoncée
Retentiſſait au loin chez des peuples jaloux,
Que des Racines, des Corneilles,
Ils venaient admirer les nombreuſes merveilles,
On les repréſentait en de triſtes réduits
Incommodes, étroits, bizarrement conſtruits,
Qui ſemblaient obſcurcir de leur ignominie

Les chef-d'œuvres créés par les mains du génie.
Des Étrangers encor les exemples perdus,
Étaient même à la France un reproche de plus.
Long-temps, à cette informe & barbare ſtructure,
Ils oppoſaient l'orgueil de leur architecture.
Je voyais à regret ce luxe triomphant,
Ailleurs orner en vain mon art encore enfant,
L'Italie inſulter, dans ſa fière opulence,
Des Théâtres Français la groſſière indigence.
Louis enfin, Louis, portant de toutes parts
Ce coup-d'œil qui conſole & ranime les arts,
Venge de cet affront Melpomène & la France;
Ce Palaïs eſt un don de ſa magnificence.
De mon nouveau ſéjour je puis m'enorgueillir.
Ces lieux, que tant de mains ont tâché d'embellir,
Sont eux-même un Spectacle; ils offrent à la vûe
Des contours ſpacieux l'élégante étendue.
Le talent y peut prendre un vol moins limité,
La Scène, plus de pompe & plus de majeſté.
Je crois revivre enfin, tout change, & Melpomène
Pourra renouveler les prodiges d'Athène.

THALIE.

Ce bel enthouſiaſme eſt fort dans votre goût;
Je reconnais-là votre ſtyle.
Thalie eſt à loger un peu moins difficile;
Elle ſait, il eſt vrai, s'accommoder de tout;
Et pourvu que l'on rie, elle eſt fort bien par-tout.

Mais votre joie ici doit être partagée :

(*En lui faisant la révérence.*)

Je vous fais compliment d'être si bien logée.

Je dois vous avouer pourtant

Qu'il me reste une inquiétude.

Ce Théâtre pompeux, ce Palais éclatant,

S'il n'attire un concours & nombreux & constant,

N'est qu'une belle solitude.

Il faut de Spectateurs l'orner incessamment,

Et le Public en est le premier ornement.

MOLIÈRE.

Eh bien! d'où vous vient cette crainte?

Aux plus purs des plaisirs que l'esprit peut goûter;

Vous avez toutes deux consacré cette enceinte;

Croyez-vous que jamais on puisse la quitter?

THALIE.

Eh! eh!

MOLIÈRE.

J'ai même entendu dire

Que le goût du Spectacle est répandu par-tout.

MELPOMÈNE.

Savoir quel Spectacle & quel goût.

THALIE.

La mode sur ce Peuple exerce un grand empire :

Il court facilement à des plaisirs nouveaux.

Je vous confie ici notre commune peine :
Nous avons de puiſſans rivaux,
Et dût rougir encor la fière Melpomène,
Ils ſont fêtés de toutes parts.

MOLIÈRE.

Quels ſont-ils, s'il vous plaît ?

THALIE.

La Foire & les Remparts.

MOLIÈRE.

Je m'en étonne moins que vous ne pourriez croire.
J'ai combattu jadis les tréteaux de la Foire,
Et juſqu'à *Sganarelle* il fallut m'abaiſſer.
Mais, après tout, pour votre gloire,
C'eſt un moment d'éclipſe, & cela doit paſſer.

THALIE.

Long-temps cette éclipſe-là dure ;
Mon cher Molière, je vous jure
Qu'elle n'eſt pas prête à ceſſer.

MOLIÈRE.

La raiſon cependant....

THALIE.

Oh ! la mode eſt plus forte.

MOLIÈRE.

Le Théâtre Français....

THALIE.

Le Boulevard l'emporte.

MOLIÈRE.

Oui, pour le peuple.

THALIE.

Non: hommes de tous les rai
Et la Ville & la Cour, les petits & les grands,
Tout y court : autrefois la bonne compagnie,
Donnant & l'exemple & le ton,
Entraîna par degrés toute la Nation
Vers le Spectacle du génie;
Mais chacun a ſon tour, & le peuple aujourd'hui
Rend les honnêtes gens auſſi peuple que lui.

MELPOMÈNE.

Ma ſœur, en vérité, je ſouffre à vous entendre.

THALIE.

Je ſens qu'à cet aveu vous craignez de deſcendre.
Moi, j'ai le cœur moins haut & l'eſprit ingénu.
Oui, ſur la Scène en vain votre mérite brille.
De votre Agamemnon la tragique famille,
Avec tous ſes Héros, n'a jamais obtenu
Tout le ſuccès qu'obtient la famille *Pointu*.

MELPOMÈNE, *à Molière.*

Vous n'aviez pas prévu du moins que le vertige

Allât à cet excès; & ce qui plus m'afflige,
C'eſt que tout ſe reſſent de la contagion.
Parmi tant de délire & de corruption,
Comment faire goûter à la foule égarée
Les attraits délicats d'une ſcène épurée?
De cette abſurde école où l'on va ſe gâter,
Qu'eſt-ce que la jeuneſſe enfin peut rapporte
De groſſiers jeux de mots, de plates parodies.
De là des ames engourdies,
Des cœurs froids & flétris, des eſprits dégoûtés:
Ils ne ſont plus émus, s'ils ne ſont tourmentés.
Il faut & des horreurs & des atrocités,
Des monſtres, en un mot, au lieu de Tragédies....

THALIE.

Et des farces, ma ſœur, au lieu de Comédies.

MOLIÈRE.

Toujours, quand on ſe plaint, on exagère un peu.
Je conçois cependant par un ſi triſte aveu,
Que la ſatiété qui naît de l'abondance,
De vos arts épuiſés affaiblit la puiſſance.
Ces arts, ainſi que l'homme, à la longue altérés,
Des âges différens parcourent les degrés.
Ils ont tout comme lui l'éclat de la jeuneſſe,
Et la maturité qui mène à la vieilleſſe.
Mais, ce que n'a point l'homme, on peut les rajeunir.
Conſervez cet eſpoir: il doit vous ſoutenir.
Chez le Français ardent, ingénieux, ſenſible,

Croyez, en bien, en mal, tout changement possible.
Songez donc que bientôt deux siècles écoulés,
Tenant les nations à sa gloire attentives,
En tout genre d'écrire ont rempli ses archives
De chef-d'œuvres accumulés.
Sans doute à satisfaire il devient difficile :
C'est un riche rassasié,
Au sein de l'opulence inquiet & mobile ;
De ses propres trésors quelquefois ennuyé.
Après les goûts usés viennent les fantaisies,
On cherche les Laïs après les Aspasies,
Et de la nouveauté l'invincible desir,
Aime plus à changer qu'il ne songe à choisir.
C'est ainsi, croyez-moi, que la nature est faite.
Comptez sur le Français : je connais bien ses mœurs ;
Il quitte la Déesse & court à la grisette ;
Mais la Déesse enfin ne perd point ses honneurs,
Et pour les assurer, il suffit de l'exemple
D'un Roi qui veut sur elle épancher ses faveurs,
Qui, lui donnant un nouveau Temple,
Lui rendra ses adorateurs.

MELPOMÈNE.

J'embrasse cet heureux présage,
Et je veux à tous mes suivans
Inspirer, si je puis, ces doux pressentimens,
Faits pour ranimer leur courage.
à Thalie.
Il faut les assembler pour la solemnité

Qui doit nous préparer un retour ſi proſpère :
Je vais remplir ce ſoin dont mon cœur eſt flatté,
Et je vous laiſſe avec Molière.

SCÈNE II.

THALIE, MOLIÈRE.

MOLIÈRE.

EH bien, Muſe, à ce qu'il paraît
Vos beaux jours ſont ſuivis de quelque décadence ;
Et vous concevez bien que j'y prends intérêt.
Je ne ſaurais voir ſans regret
S'avilir les beaux-arts dont s'honorait la France.
Dites-moi, le faux goût a donc tout corrompu ?
Contre lui dans mon temps j'ai fait ce que j'ai pu :
Eh, quoi ! n'en fait-on plus juſtice ?
J'en ſerais étonné : le Parnaſſe, a dit-on,
Cent Juges au lieu d'un, tous en titre d'office,
Qui chaque jour donnent le ton,
Régens impérieux de la Littérature :
Jamais les Écrivains, à ce que l'on m'aſſure,
N'ont été ſurveillés par de plus fiers Cenſeurs :
Les Lettres n'ont jamais eu tant de Profeſſeurs,
Levant inceſſamment leurs ferrules rigides :
Comment peut-on broncher ſous l'œil de tant de guides ?
Tous ces Ariſtarques nouveaux....

THALIE.

Eh ! que dites-vous là ? C'eſt un de nos fléaux.
L'amour-propre & la faim, l'envie & l'impuiſſance,
Ont ſur un tribunal élevé l'ignorance,
Et l'eſprit de parti s'en eſt fait le ſoutien ;
Sur les arts dégradés il prétend qu'elle règne ;
Depuis que chacun les enſeigne,
Perſonne n'y connaît plus rien.
Le dernier des grimauds, échappé du Collège,
S'arroge de juger l'orgueilleux privilège,
Et prononçant en maître, écrit en écolier.
L'appât du gain encore invite à ce métier,
Et le talent au moins, pour dernière victoire
Force ſes ennemis à vivre de ſa gloire.
Le nombre par malheur quelquefois leur fait tort ;
Chacun d'eux ſe cantonne ainſi que dans un fort.
Là, comme l'Artiſan au bord de ſa boutique
D'une voix empreſſée appelle la pratique,
Comme le Charlatan vante ſur ſes tréteaux
Le baume merveilleux qui guérit tout les maux :
Meſſieurs, je ſuis le ſeul... Meſſieurs, je ſuis l'unique...
Oui, le ſeul infaillible .... & le ſeul véridique....
Mes avis ſeuls ſont bons.....les miens ſont approuvés......
Croyez, Meſſieurs, croyez, & ſur-tout ſouſcrivez.
Voilà, pour la plupart, quel eſt leur protocole :
Le Public a par fois déſerté leur école ;
Et de ces petits arſenaux,
Qui tonnent à grand bruit ſur la double colline,

Il en eſt qui, malgré leur foudre & leurs travaux,
Ont capitulé par famine.

MOLIÈRE.

Je comprends qu'en effet l'on doit être un peu las
De ces ſatyriques fatras,
De ces inſipides brochures.
Mais dans la foule au moins eſt-ce qu'il n'en eſt pas
Qui ſavent critiquer ſans fiel & ſans injures ?

THALIE.

Oui, mais la raiſon ſeule a de faibles appas ;
Auſſi d'autres ont eu l'adreſſe,
Pour piquer du Public la curioſité,
Et ſa dédaigneuſe pareſſe,
De recourir du moins à la variété,
A mille objets de toute eſpèce.

MOLIÈRE.

Mais de mon temps, déjà l'on s'était aviſé
D'une ſemblable bigarrure.
Je m'en ſouviens, & De Viſé . . . .

THALIE.

Vous voulez dire le Mercure.
C'eſt bien autre choſe aujourd'hui.
Pour ſauver aux lecteurs la fatigue & l'ennui
Que l'on peut avoir à s'inſtruire,
A la forme d'extraits on a ſu tout réduire.

D'une telle méthode on fait un très-grand cas.
L'esprit est aujourd'hui par ordre alphabétique.
Dictionnaires, Almanachs,
Voilà tout ce qu'on lit; mais un chef-d'œuvre unique
En fait d'abrégé, c'est, ma foi,
La Feuille de Paris : pour moi,
J'en conviendrai, je l'aime à la folie.
Vous savez qu'une Thèse, illustre en Italie,
Dans son titre annonçait *tout ce qu'on peut savoir ;* *
Cette Thèse est la Feuille, & vous y pouvez voir,
Et voir tous les matins, les morts, les mariages,
L'histoire du moment, les spectacles du soir,
Les leçons de Physique, & le prix des fourages,
Et des livres & des fromages,
Le temps qu'il fit la veille, un poëme nouveau,
Les querelles sur la Musique,
Et la réponse & la réplique,
Et la séance Académique,
Et puis le combat du taureau,
La Satyre & l'Épithalame,
Un trait de bienfaisance auprès d'une épigramme,
Et le cours des effets, & la chûte d'un drame.
Le change, le marché, la coulisse, les Arts,
Scellés, mutations, domiciles, remparts,
Les Sciences, les Prix, les vents & les orages,
Le beurre & les œufs frais, le tout en quatre pages.

---

* La Thèse de Pic de la Mirandole : *De omni Scibili.*

MOLIÈRE.

Quelle Encyclopédie, ô Ciel! qu'un tel Journal!
Et c'eſt tous les matins une beſogne prête?

THALIE.

C'eſt, après l'Almanach Royal,
L'ouvrage qui demande une plus forte tête.

MOLIÈRE.

Vous vous égayez, Muſe, & votre eſprit malin
A railler eſt toujours enclin.
Le rire vous va bien : il ſied à votre mine.
Entre nous, ne pourriez-vous pas
Aux Auteurs que l'on voit courtiſer vos appas,
Inſpirer plus ſouvent votre gaité badine?
Ils ont tous de l'eſprit, & beaucoup, vos Auteurs;
Mais je vous l'avouerai, je les trouve un peu triſtes.
Chez les morts, tout comme ailleurs,
Nous avons nos Nouvelliſtes,
Ils s'amuſent à m'apporter
De temps en temps des Comédies,
Que l'on dit même être applaudies;
Et c'eſt apparemment pour m'impatienter;
Car cent fois un jour, je ſouffre le martyre
A pouvoir deviner ce qu'on a voulu dire.
De Paſcal & de Deſpréaux
Il faut bien que la langue enfin ſoit ſurannée;
Ce ſiècle étrangement l'a perfectionnée.

Ce ſont des tournures, des mots,
Mais des mots!.... je ſerais cent ans à les comprendre,
Et je ne ſais où diable ils ont été les prendre.
Ils rebattent toujours certains termes abſtraits,
Qu'ils combinent entre-eux d'une manière étrange,
Monotone aſſemblage, & ténébreux mélange,
Dont on ne les tire jamais :
C'eſt le *cœur & l'eſprit*, *l'ame & le caractère*,
La nature, *l'honneur*, *le devoir*, *le myſtère*....
C'eſt un dialogue coupé,
Haché, briſé, heurté, qui fatigue & qui tue;
La phraſe à tout moment demeure ſuſpendue,
Et le ſens reſte enveloppé,
Si tant eſt qu'il exiſte... ils affectent ſans ceſſe
Un ſtyle d'ironie, équivoque entretien,
Où l'Auteur entend bien fineſſe,
Mais où le Lecteur n'entend rien:
C'eſt ce qu'ils ont nommé, je crois, du *perſiflage*.
Ce genre de gaité n'eſt pas à mon uſage,
Je l'avouerai ſans peine, & j'en ſuis conſolé;
Mais lorſqu'en les liſant j'ai le cerveau troublé
De cet entortillage où leur eſprit s'occupe,
Je me tiens pour bien *perſiflé*,
Et je ſens à l'ennui dont je ſuis accablé,
Que c'eſt moi qu'on a pris pour dupe.

THALIE.

Moi, je voudrais vous divertir.
Demeurez en ces lieux: vous y verrez venir

Les

Les curieux que ce jour nous attire:
Cela pourra vous faire rire.
C'eſt un emploi tout fait pour un obſervateur.
La Renommée, ici, par mon ordre publie
Les Audiences de Thalie:
Je vous fais mon introducteur,
Mon ſubſtitut.

MOLIÈRE.

Ce titre eſt pour moi trop flatteur.

THALIE.

Qui le mérite mieux? Adieu; je me retire,
Et pour parler comme ma ſœur,
Je vais donner une heure au ſoin de mon Empire. *

SCÈNE III.

MOLIÈRE, *ſeul.*

Que l'audience au moins n'aille pas m'ennuyer
Ou bientôt je la congédie.
C'eſt un fardeau trop lourd, s'il faut qu'ici j'eſſuye
Tous les originaux qui peuplent le foyer.

* Vers de Zaïre.

SCÈNE IV.

MOLIÈRE, M. BAPTISTE.

M. BAPTISTE.

Si vous êtes Monſieur, un ſuppôt de Thalie....

MOLIÈRE.

Tout prêt à vous ſervir.

M. BAPTISTE.

Je viens à ſon Bureau
Offrir un ouvrage nouveau.
Pourrai-je me flatter que votre voix l'appuie ?
J'ai fait pour aborder des efforts ſuperflus.
La foule des Auteurs inſcrits pour être lus
Me force à renfermer (& c'eſt un long ſupplice !)
Les timides eſſais d'une muſe novice.
Pour les talens naiſſans on a bien peu d'égard.

MOLIÈRE.

A votre air, j'aurais cru votre muſe un peu mûre.

M. BAPTISTE.

Elle a pris ſon eſſor, je l'avoue, un peu tard ;
Mais ſans les délais que j'endure,
On aurait de moi, je vous jure,
Vû plus d'une production.

De cet instant heureux mes vœux hâtent l'approche,
Et j'ai depuis long-temps ma réputation,
Comme bien d'autres, dans ma poche.

MOLIÈRE.

Peut-être le plus sûr serait de l'y garder.
Vous savez trop, Monsieur, ce qu'on peut hasarder.
Le Public fut toujours un redoutable Maître.

M. BAPTISTE.

A qui le dites-vous ? Qui le peut mieux connoître ?
Quelqu'un a-t-il vû de plus près
Les révolutions du Théâtre Français ?
Et quelqu'un mieux que moi, peut-il savoir l'histoire
Des Pièces, des débuts, des chûtes, des succès ?
J'eus l'oreille toujours voisine des sifflets;
C'est de-là qu'est venu mon amour pour la gloire.
Oui, Monsieur, le métier que j'ai fait dans Paris,
M'a fait passer ma vie avec les beaux-esprits.

MOLIÈRE.

Quel étoit donc votre état, je vous prie ?

M. BAPTISTE.

Je fus dans un café plus de vingt ans garçon;
Chez Procope d'abord, & puis chez Dubuisson;
Tout vis-à-vis la Comédie.
C'étoit-là que venaient Poëtes à foison.
Je ne sais si l'instinct agissait par avance,
Mais j'eus toujours pour eux beaucoup de bienveillance;

C'était moi qui servais le Café de Piron.
Il était jovial. Je l'aimais : son génie
Avait des momens fort heureux.

MOLIÈRE.

Par exemple, celui de la *Métromanie*.

M. BAPTISTE.

De ce genre il n'en eut pas deux.

MOLIÈRE.

Oui ; mais c'est beaucoup d'un, & je vous le souhaite.

M. BAPTISTE.

En économisant mon profit journalier,
Revendant des billets dont j'étais le courtier,
Donnant à lire aussi les Feuilles, la Gazette,
Je gagnai de quoi faire une honnête retraite.

MOLIÈRE.

Vous aimiez tant votre métier :
Comment d'y renoncer eûtes-vous le courage ?

M. BAPTISTE.

Ah ! les Comédiens quittèrent le quartier,
Et bientôt le Café n'eut plus d'Aréopage.
J'en ai gémi long-temps : enfin dans mon dépit,
Accoutumé de vivre avec des gens d'esprit,
Et déjà de leur art ayant quelqu'habitude,
J'ai su mettre à profit mon temps, ma solitude...
Je suis moi même Auteur... Un Poëte indigent,

A qui dans le besoin j'ai prêté de l'argent,
En mourant m'a fait légataire
De certain manuscrit, dont je suis, à bon droit,
Devenu le propriétaire :
C'est une Comédie ; il n'est pas un endroit
Qui ne soit travaillé de nouveau : d'où l'on voit
Que le tout m'appartient.

MOLIÈRE.

Oh! je le crois bien vôtre.

M. BAPTISTE.

L'Acte avait des beautés, & lorsqu'il fut joué,
On n'en siffla que la moitié.

MOLIÈRE.

Le reste était meilleur ?

M. BAPTISTE.

On ne joua pas l'autre.
Mais comme je vous dis, l'ouvrage est tout nouveau.
Voyez : c'est...

(*Il montre à Molière le titre du Manuscrit.*)

MOLIÈRE, *lisant.*

Le Souper.

M. BAPTISTE.

C'est un cadre fort beau,
Et tout y peut entrer, je pense.
Je vous dirai bien plus, mais avec confidence : *

---

* Vers de Polieucte.

Je me suis avisé d'un tour ingénieux.
De vingt pièces jadis tombées,
Et qui n'existent plus que chez les curieux ;
J'ai pris les vers les plus heureux,
Et de ces beautés dérobées,
J'ai fait un tout miraculeux.

MOLIÈRE.

Comment ! vous êtes plagiaire !
Mais cela n'est pas bien.

M. BAPTISTE.

Oh ! j'ai plus d'un confrère ;
Et puis, qui le saura ? .... L'écrit le plus mauvais
A presque toujours quelques traits :
Et les rendre publics serait-ce un tort extrême ?

MOLIÈRE.

Il faudrait commencer par être en fond soi-même.
Je sais qu'il est d'heureux larcins
Qu'on pardonne aux bons Écrivains ;
Mais sur ce titre seul l'indulgence se fonde ;
Pour oser autant qu'eux, il faut les égaler.
Le Parnasse est comme le monde ;
On n'y permet qu'aux riches de voler.
D'ailleurs, comment faire un ensemble
De ces lambeaux épars qu'au hasard on assemble ?

M. BAPTISTE.

Bon ! leur place est par-tout : ce sont de ces morceaux

Toujours vieux & toujours nouveaux,
De ces paquets de vers où l'Acteur se déploie,
Que des bords du Théâtre au Parterre on envoie.
Bien ou mal amenés, ils font des brouhahas....
Mais ce qui m'appartient, ce qui vaut mieux encore,
Et que dans mon ouvrage on trouve à chaque pas,
C'est un genre d'esprit qu'aujourd'hui l'on adore,
Et dont, pour moi, je fais grand cas:
Les Calembours.

MOLIÈRE.

Quel mot est cela?

M. BAPTISTE.

Quoi!....

MOLIÈRE.

J'ignore
Ce que c'est.

M. BAPTISTE.

Se peut-il? Vous ne connaissez pas
Les Calembours?

MOLIÈRE.

Moi! non.

M. BAPTISTE.

Eh! mais tout en abonde.
Vous venez donc de l'autre monde?

MOLIÈRE.

Peut-être.

M. BAPTISTE.

Enfin, Monſieur, vous êtes de la Cour
De Thalie, & pouvez....

MOLIÈRE.

Ici, de cette Muſe
Je ſuis le Subſtitut, & promets dans l'inſtant
(*Montrant le Manuſcrit.*)
De mettre entre ſes mains ce dépôt important.
Me le confierez-vous ?

M. BAPTISTE, *le lui donnant.*

Qui, moi! que je refuſe
Un ſervice pareil! ....

MOLIÈRE.

Oui, mais à votre tour,
Une grace.

M. BAPTISTE.

Ordonnez.

MOLIÈRE.

Si cela vous amuſe,
Pourriez-vous point, Monſieur, me faire un Calembour.

M. BAPTISTE.

Vous voulez, je le vois, éprouver mon génie
Pour la pointe & les jeux de mots.

MOLIÈRE.

Quoi! ce n'eſt que cela? Ce genre de ſaillie
Eſt connu dès long-temps....

M. BAPTISTE.

Oh ! ceux-ci ſont plus beaux.
Ils tiennent de l'énigme, ils ſont faits pour ſurprendre,
Et les meilleurs ſont ceux qu'on peut le moins comprendre.
Auſſi, tel qui par-là s'eſt fait beaucoup valoir,
Les cherche le matin pour les dire le ſoir.
L'impromptu, dans ce genre, eſt le fruit de l'étude,
Du talent . . . .

MOLIÈRE.

Vous devez en avoir l'habitude.

M. BAPTISTE, *avec colère.*

Oh ! ſi c'eſt votre goût, parbleu, de tout côté
Vous en pouvez avoir juſqu'à ſatiété.
A la Ville, à la Cour, en vers, ainſi qu'en proſe,
En cauſant, en ſoupant, on ne fait autre choſe ;
Il faut, pour ignorer ce qu'eſt un Calembour,
Être bien dur d'oreille, ou bien plus.... Eh ! bon jour.
Serviteur.... (*à part.*) J'en dirais plus que je ne veux dire.

SCÈNE V.

MOLIÈRE, *seul.*

JE ne le ſaurai pas.... Qui pourra m'en inſtruire?
Ce manuſcrit, peut-être... Oui, ſi j'en crois l'Auteur....
Mais qui nous vient encor? Autre ſolliciteur
Sans doute.... Celui-là paraît fort en colère.

SCÈNE VI.

MOLIÈRE, M. MISOGRAMME.

Toute cette Scène doit être jouée d'un ton bruſque.

M. MISOGRAMME.

PUIS-JE vous demander, Monſieur, ſans vous déplaire,
Si Thalie en ces lieux voudra me recevoir?
Il faut que je lui parle.

MOLIÈRE.

Oui, vous pourrez la voir.
En attendant, parlez : je ſuis à ſon ſervice,
Que voulez-vous?

M. MISOGRAMME.

Je viens lui demander juſtice.

MOLIÈRE.

Juſtice! contre qui, Monſieur?

M. MISOGRAMME.

Contre un travers
Qui depuis trop long-temps infecte l'univers,
Qui, dans Paris ſur-tout, abondamment pullule,
Et met les têtes à l'envers,
Qu'il faut frapper enfin des traits du ridicule....
La rage de l'eſprit, de la proſe & des vers,
La rage d'imprimer, de juger & d'écrire.
Je n'y puis plus tenir, Monſieur, c'eſt un délire
Que par-tout je retrouve, & qui fait mon malheur.

MOLIÈRE.

Juvénal s'en plaignait; vous voyez bien, Monſieur,
Que depuis long-temps on en gronde:
C'eſt un de ces abus auſſi vieux que le monde.

M. MISOGRAMME.

Oh! jamais il ne fut ce qu'il eſt aujourd'hui;
La folie eſt au comble, auſſi-bien que l'ennui.

MOLIÈRE.

Et ſi l'on écrit mal, qui vous force de lire?

M. MISOGRAMME.

Cela vous eſt facile à dire.
S'agit-il ſeulement de lecture? Ma foi,
Je n'ai guères le temps de lire, quant à moi.

Ma caisse & mes bureaux m'occupent que de reste.
Mais savez-vous, Monsieur, que ce mal si funeste
A pris, pour mes péchés, racine en mon logis,
Comme il la prend par-tout?... Le Diable, en sa furie,
A ma femme inspira l'amour des Beaux-esprits.
Malgré moi, ma maison est une Académie:
Sans cesse on y récite, on y dispute, on crie.
L'esprit en a banni la paix & la gaîté,
Et l'aisance & la bonhommie,
Et la joie & la liberté,
Si nécessaires dans la vie,
Et si bonnes pour la santé.

MOLIÈRE.

L'esprit ne les vaut pas, j'en conviens.

M. MISOGRAMME.

Que j'expire
Si je ments d'un seul mot... les matins, occupé,
D'affaires, de calculs sans cesse enveloppé,
Je compte à mon dîner me délasser & rire,
Et j'en ai grand besoin : au lieu de bons amis,
Qui rendraient à l'envi mon repas agréable,
Je vois des inconnus environner ma table
Y siéger gravement : à peine est-on assis,
Aussi-tôt s'établit une dispute en règle,
On répète les mots de *génie* & de *goût*,
On ne s'entend sur rien, & l'on contredit tout.

C'eſt ceci, c'eſt cela : c'eſt un *ſot*, c'eſt un *aigle*...
Si la diſpute ceſſe, arrivent à propos
Les énigmes du jour & les *rébus* nouveaux.
C'eſt à qui le plus tôt en ſera l'interprète ;
Chacun les yeux baiſſés rêve ſur ſon aſſiette.
Moi qui voudrais ailleurs tenir table long-temps,
Je preſſe mes morceaux, j'enrage entre mes dents,
Sûr de digérer mal un dîner qui m'ennuie :
Je crois, le café pris, faire au moins ma partie,
En voyant apporter une table de jeu....
Point du tout : c'eſt une lecture....
De n'en jamais entendre on ſait que j'ai fait vœu.

MOLIÈRE.

Pourquoi ?

M. MISOGRAMME.

Quand j'ai dîné, Monſieur, c'eſt choſe ſûre,
Que ſi l'on me liſait l'ouvrage le meilleur,
Je ronflerais debout à côté de l'Auteur.

MOLIÈRE.

Ah ! c'eſt une raiſon.

M. MISOGRAMME.

Touché de ma détreſſe,
Un honnête-homme alors m'offre, par politeſſe,
Et pour diſſiper mon chagrin,
De faire mon trictrac dans un ſallon voiſin.
Autre calamité : *vous nous rompez la tête.*

Quel bruit, pendant qu'on lit ! & que c'est malhonnête !...
Que répondre ?.. Je prends ma canne & mon chapeau ;
Pour me distraire un peu, je m'en vais au Caveau.
Je m'accoste d'un homme, à ce qui paraît, sage.
Je veux l'entretenir, comme c'est mon usage,
D'objets intéressans pour tout bon citoyen,
De ce que l'on a fait de bien
Dans la finance, en politique ;
Je veux lui dire un mot de Nantes, de Bordeaux,
De nos succès en Amérique,
Et du retour de nos vaisseaux.
Soudain dans le café fond, comme une tempête,
L'essaim bruyant des connaisseurs.
Un braillard qui marche à leur tête
Donne par un seul mot le signal des clameurs :
Que dites-vous, Messieurs, de la Pièce nouvelle ?
Aussi-tôt grands débats, effroyable querelle.
Mon homme m'abandonne & joint nos disputeurs.
Tous parlent à la fois : dans le bruit de leur guerre,
On n'entendrait pas le tonnerre.
Je me sauve effrayé, je rentre en ma maison,
En maudissant ma destinée,
De n'avoir pu trouver, dans toute ma journée,
Quelqu'un à qui parler raison.

MOLIÈRE.

Je ne puis tout-à-fait blâmer votre colère.
L'abus qui vous irrite est impatientant,
Je l'avoue, & vous trouve à plaindre, presque autant

Que le Chrisalde de Molière.

M. MISOGRAMME.

Molière ! que me dites-vous ?
Eh ! que Dieu nous le rende ! il nous vengerait tous.
Les abus de son temps n'approchaient pas des nôtres.
Chrisalde tourmenté chez lui,
Pouvait aller au moins respirer chez les autres ;
Moi, je trouve en tous lieux le fleau que j'ai fui :
De tous les côtés il m'assiége.
Un camarade de Collège
Mon ami, mon confrère, & que je croyais loin
De penser à rimer, m'abordant sans témoin,
D'un air mystérieux, tire de ses tablettes
Le volume ignoré de ses œuvres secrettes.
Mon Commis, à sa table écrivant de travers,
Ne sait pas l'orthographe & sait faire de vers.
J'entre dans mon bureau pour affaire qui presse :
Pas une ame : où sont-ils ? Je fais courir après...
Un enragé d'Auteur, ce jour-là tout exprès,
Les a tous enlevés pour applaudir sa Pièce.
Car, Dieu merci, chez moi, de la cave au grenier,
Ils ont tous plus ou moins la fureur du métier.
De leur maudit jargon j'ai l'oreille étourdie.
Mon fils en Rhétorique a fait *sa Tragédie*.
C'est chez moi qu'on bâtit les réputations.
On y crie à l'*horreur* ou bien à la *merveille*.
Ma fille à quatorze ans juge déjà Corneille.
Ils ont toujours en main je ne sais quels chiffons,

Ou j'entends répéter d'un ton de suffisance :
Nous croyons, nous jugeons, nous pensons, nous blâmons.....
Comme le Roi, dit *nous voulons.*
Têtebleu, dans toute la France,
Il n'est point assez de sifflets,
Assez de bonnets d'âne, assez de camouflets,
Pour tant de ridicule & tant d'impertinence.

MOLIÈRE.

Quel remède à cela ? *Chacun à ce métier,*
Peut perdre impunément de l'encre & du papier.
Boileau l'a dit.

M. MISOGRAMME.

Monsieur, c'est un mal politique ;
C'est une épidémie, une peste publique,
Qu'il faudrait extirper de la société :
C'est la fainéantise & l'inutilité.
Tel qui creve de faim à barbouiller des livres,
Pourrait dans un Bureau gagner ses huit cent livres,
Et ferait cent fois mieux ; n'en conviendrez-vous pas ?

MOLIÈRE.

Oui ; mais la Poésie a de puissans appas.
L'imagination craint d'être refroidie,
L'arithmétique est seche & glace le génie.

M. MISOGRAMME.

Le génie ! oui voilà leur refrein importun ;

Ils

Ils ont tous du *génie* & pas le ſens commun.
Je vous l'ai déjà dit, je lis peu : je n'ai guere
Le temps de prendre ce plaiſir ;
Mais c'en eſt un pour moi quand je ſuis de loiſir ;
Un que je goûte fort, du moins à ma manière,
J'aime les bons Auteurs, Monſieur, je les révère ;
Je ſens qu'à leurs travaux l'État doit mettre un prix ;
Je me tiens fort heureux qu'ils m'amuſent, m'inſtruiſent,
Et lorſque j'ai lû leurs écrits,
Je crois avoir ſouvent penſé ce qu'ils me diſent.
Mais pour un troupeau d'étourdis,
De rimeurs écoliers, de faiſeurs de ſornettes
Paraſites à table & flatteurs aux toilettes,
Quoi de plus inutile ? Eſt-il en vérité
Eſpèce plus à charge à la ſociété ?
Qui les met à la mode ? un tas de femmelettes,
Qui veulent s'établir protectrices d'Auteurs,
Qui raſſemblent dans leur manie
Les faux airs qu'ont produits nos ridicules mœurs ;
Le *bel eſprit* & la *chimie*,
Le *ſentiment* & les *vapeurs*.
Faut-il pas que chacune ait ſon Poëte en titre,
Qu'elle fait de ſes goûts & l'oracle & l'arbitre ?
Ma femme, l'autre jour, n'a-t-elle pas voulu
Me faire tout quitter, m'amener au Spectacle,
Me faire malgré moi crier *bravo*, miracle,
Pour ſon cher protégé, que je n'ai jamais lû,
Par bonheur ; *ah ! Monſieur, venez, la pièce eſt belle ;*

Nous devons à l'Auteur cette marque de zèle.
Il a fait des vers pour Zizi :
(C'eſt ſa perruche) , *c'eſt joli*
Au poſſible ; il a peint Zizi d'après nature . . . .
Et puis cet homme là , c'eſt une créature
Charmante , & d'un cœur excellent ,
D'une douceur de mœurs ! . . . . d'ailleurs un vrai talent ,
Et fait pour aller loin . . . . Il s'enſuivait qu'en ſomme
Le Chantre de Zizi devait être un grand homme.

MOLIÈRE.

Vous avez bien raiſon : il faut de ces tableaux
Pour la palette de Thalie ,
Et je vois là de quoi fournir à ſes pinceaux.

M. MISOGRAMME.

Monſieur , ſi quelque bonne & franche Comédie
Ne fait juſtice enfin de ces originaux ,
Je prendrai mon parti : je m'enfuis dans ma terre.
Elle eſt dans un canton retiré , ſolitaire ;
Ce ſont de bonnes gens qui peuplent le pays ;
Tant mieux : de mes vaſſaux je ferai mes amis.
Il ne m'en faut pas davantage.
Peu m'importe la mode , & j'aurai , s'il vous plaît ,
A ma table , en dépit du bon ton , de l'uſage ,
Mon Bailli , mes Fermiers , le Chantre du Village ,
Qui , je l'eſpère au moins, ne feront point d'ouvrage,
Et viendront faire mon piquet ;
Et je prétends qu'aucun valet

Ne soit reçu chez moi, s'il n'a pour s'y produire
Un bon certificat.... comme il ne sait pas lire.

SCÈNE VII.

MOLIÈRE, *seul.*

AVEC un peu d'humeur il a dit vérité ;
Et son bon sens paraît dans sa vivacité.
Cette foule d'Auteurs est vraiment une plaie
Dont le Pinde gémit & la raison s'effraie.

SCÈNE VIII.

MOLIÈRE, M. CLAQUE.

M. CLAQUE : *il entre en se parlant à lui-même.*

PALSAMBLEU, celui-là pouvait-il se prévoir ?
On dit bien vrai que dans la vie
On ne peut du matin au soir
Jamais compter sur rien ; mais du moins à Thalie
J'en dirai mon avis : nous verrons si pourtant....

MOLIÈRE.

Vous ne paraissez pas content,
Monsieur ; puis-je savoir ?....

M. CLAQUE.

Ah ! Monſieur, je vous prie
De m'excuſer : je ne vous voyois point....
Ma tête eſt troublée à tel point !....
Et qui diable tiendrait au revers qui m'aſſomme ?
Oui, Monſieur, vous voyez un homme
Ruiné, furieux : un coup inattendu
M'ôte mon exiſtence ; enfin j'ai tout perdu,
Mes appointemens & ma place,
J'oſe dire un état que je m'étais formé.....
Je ſuis, pour vous compter en un mot ma diſgrace,
Un Capitaine réformé

MOLIÈRE.

Réformé ! dans le temps où la France eſt en guerre ?

M. CLAQUE.

Oh ! la guerre & la paix, tous les temps m'étaient bons,
Mes campagnes, mes garniſons,
Mon ſervice.... étaient au parterre.
Je ne vous cache rien ; car au premier abord
J'ai vû qui vous étiez : je ne m'y méprends guère ;
Vous venez de Province, ou je me trompe fort,
Pour débuter : voilà l'habit de caractère.
Sans doute en ce moment vous allez répéter.

MOLIÈRE.

Mais en effet ici je joue un rôle.

M. CLAQUE.

Eh! mais j'en étais sûr....il n'était pas besoin
De me le confirmer : oh! je flaire de loin.
Un Débutant.

MOLIÈRE, *à part.*

Ma foi, le personnage est drôle :
On peut s'en amuser

M. CLAQUE.

Vraiment j'ai pu juger
Qu'ici vous étiez étranger.
Est-il dans les foyers quelqu'un qui ne connaisse
Monsieur Claque?

MOLIÈRE.

Monsieur Claque!

M. CLAQUE.

Eh! oui, c'est mon nom.
A vos pareils je m'intéresse;
Et si je puis vous être bon,
Disposez de moi. Je confesse
Que mes moyens sont bien déchus;
Je ne suis pas ce que je fus.
(Montrant la Salle.)
Voilà de mon malheur la cause trop fatale.

MOLIÈRE.

Et qui donc l'a produit?..

M. CLAQUE.

Qui !.... la nouvelle Salle ;
Le Parterre détruit.... Ah ! c'eſt détruire tout,
La gloire, les ſuccès, le Spectacle, le goût.
Tout un Public aſſis ! beau projet ! fort utile !
Eh ! comment gouverner cette maſſe immobile,
Lui donner déſormais la vie & l'action,
En diriger l'impulſion ?
Mais contre cet abus hautement je réclame :
Un Parterre ſans chefs, c'eſt comme un corps ſans âme.

MOLIÈRE.

Il avait donc des chefs ?

M. CLAQUE.

Comment ! mes compagnons
Et moi, Monſieur, depuis vingt ans nous y régnons.
C'était une très-bonne affaire,
Tous les intéreſſés, braves gens, comme moi.
N'eſt-ce pas un honnête emploi,
De prêter aux talens un appui néceſſaire ?
Les nouveautés & les débuts
Payaient à mes travaux de bien juſtes tributs :
Toute peine vaut ſon ſalaire,
Fallait-il pas avoir mes Bureaux, mes Commis ?

MOLIÈRE.

Vous aviez-là, Monſieur, un petit miniſtère.

M. CLAQUE.

Tout Débutant chez moi d'abord était admis,
Conduit par mes agens ou par quelques amis,
Et du premier coup d'œil je jugeais son *physique*.

MOLIÈRE.

Son *physique !* Comment ! Qu'entendez-vous par-là ?

M. CLAQUE.

Parbleu, la question est bonne ; mais cela
Se comprend de soi-même, & faut-il qu'on l'explique ?

MOLIÈRE.

Mais encor ?

M. CLAQUE.

Par ce mot on entend à la fois
Le maintien, la figure, & la taille & la voix,
Les dons extérieurs, les qualités prescrites....

MOLIÈRE.

Mais, si vous m'aviez dit d'abord ce que vous me dites,
Je vous aurais compris sans peine.

M. CLAQUE.

Mais pourtant
C'est le mot consacré, c'est le terme technique ;
Et jamais on n'annonce Actrice ou Débutant,
Qu'on ne parle de leur *physique*.

MOLIÈRE.

Pardon.

M. CLAQUE.

Prétendez-vous que je m'exprime mal ?
Vous êtes, ce me semble, un peu Provincial.
Votre *physique* à vous, par exemple, est comique.

MOLIÈRE.

Je vous suis obligé, Monsieur, pour mon *physique*.

M. CLAQUE.

Oui, je vous ai toisé.... J'ai fait avec succès
Débuter ici vingt sujets
Qui ne vous valaient pas : plus le talent est mince ;
Plus cela coûte aussi : rien n'est plus important
Que d'avoir à Paris un Début éclatant,
On en est beaucoup mieux payé dans la Province.
Dans ces cas-là, Monsieur, il faut s'exécuter :
On sait ce qu'il en doit coûter.
J'avais mes Lieutenans, mes premiers camarades
Qui distribuaient les Brigades ;
Chacun avait son poste & répondait d'un coin :
Moi, j'occupais le centre, & tous avaient le soin
D'avoir toujours vers moi le regard & l'oreille ;
Et dès que j'avais dit *bien*, *fort bien*, *à merveille*,
Ils faisaient un *chorus !*.... Et puis adroitement
Je savais ranimer un applaudissement....
Allez donc.... *beau*.... *bravo*.... C'était un tintamare,
Et des pieds & des mains, des cannes !... un succès
Fou.

MOLIÈRE.

C'est le mot.

M. CLAQUE.

Cela ſe répandait : d'après
Un début ſi brillant, c'était un ſujet rare.
Vous ſentez que d'avance on payait mes exploits.
Joignez-y les Pièces nouvelles
Que l'on faiſait aller, grace à moi, telles quelles.
Je gagnais en *bravo* mes vingt écus par mois,
Et ce n'eſt pas trop cher, Monſieur, en conſcience.

MOLIÈRE.

Oui, cela fait ſur-tout une honnête exiſtence.

M. CLAQUE.

Bon ! eſt-il rien ici de ſtable & de réel ?
Et qui n'aurait pas cru le Parterre éternel ?
Voilà tous mes talens devenus inutiles :
Avec des Spectateurs ſur leurs ſiéges tranquilles,
Soyez ſûr déſormais, pour les voir applaudir,
Qu'il faut abſolument qu'on leur faſſe plaiſir.
Je vois que ma carrière eſt à-peu-près remplie,
Et je vais préſenter ma Requête à Thalie,
Un Mémoire aux Comédiens.
Des ſervices comme les miens
Ne ſont pas, après tout, des titres qu'on rejette ;
Et je ſuis content, ſi j'obtiens
Une penſion de retraite.

MOLIÈRE.

La demande eſt trop juſte.

M. CLAQUE.

Oui : c'eſt un attentat
Que de priver ainſi les gens de leur état.
Nous verrons... Quant à vous, tout ce que je puis faire,
C'eſt de vous répéter vos rôles de début.
Je connais mon Public, je ſais ce qui peut plaire,
Et je puis vous conduire au but.

MOLIÈRE.

Vous avez de cet art fait une grande étude?

M. CLAQUE.

Oh! non, pas trop; mais l'habitude!
Moi, j'en ai tant formé! j'ai fait quelques ingrats;
Mais il y faut compter, & je n'en parle pas.
Quand vous voudrez, je ſuis fort à votre ſervice...
Chez moi... tous les matins... de ma profeſſion,
Il ne me reſte plus que ce ſeul exercice...
Mais que ſur ma Requête on me faſſe juſtice,
Ou dans mon indignation
Contre la Comédie... enfin je ſais qu'en dire...
Il me reſte un Théâtre, il me reſte un Empire,
Où ma voix, ma cabale a toujours triomphé.
Je puis les perdre encore...

MOLIÈRE.

Où donc?

M. CLAQUE.

Dans le Café.

SCÈNE IX.

MOLIÈRE, *ſeul.*

VOILA de ces gens d'une eſpèce
Qu'on ne rencontre qu'à Paris.
Quel métier !... & pourtant il avait bien ſon prix,
Et c'eſt grand dommage qu'il ceſſe.
J'entends venir de ce côté
Un nouveau perſonnage ... il a l'air éventé.

(Il chante, ture lure & flon, flon, flon, chacun a ſon ton, ſon allure, &c.)

SCÈNE X.

MOLIÈRE, LE VAUDEVILLE.

LE VAUDEVILLE, *chante.*

AIR : *Pour la Baronne.*

Le Vaudeville
A l'honneur de vous ſaluer ;
Il eſt très-fêté par la Ville :
Daignez, s'il vous plaît, agréer
Le Vaudeville.

MOLIÈRE.

Apparemment Monſieur ne parle qu'en chantant

LE VAUDEVILLE, *il chante.*

Même Air.

Lorſque je chante,
Souvent le ſens n'eſt pas trop bon,
La rime eſt quelquefois méchante;
Mais enfin j'ai toujours raiſon
Lorſque je chante.

MOLIÈRE, *à part.*

Il eſt naïf, au moins; je le trouve amuſant.
(Haut.)
Thalie a dans ces lieux établi ſon domaine;
Auprès d'elle, Monſieur, qu'eſt-ce qui vous amène?

LE VAUDEVILLE, *il chante.*

AIR: *Non, je ne ferai pas.*

Je ſuis le plus joyeux des Enfans de Thalie,
Près d'elle je conduis Momus & la Folie;
Et mes chants & leurs jeux, au Théâtre Français,
Ont ſouvent partagé l'honneur de ſes ſuccès.

MOLIÈRE.

On m'a dit qu'autrefois on vous vit à ſa cour,
Accompagner Legrand, Fuzelier & Dancourt.
Mais ſi je ſais bien votre hiſtoire,
Votre ſéjour natal, votre empire eſt la Foire,
Et c'eſt-là que vous êtes né,
Que Panard & Vadé, Piron, Favart, le Sage,
De leur eſprit vous ont orné.
Prétendriez-vous davantage?

LE VAUDEVILLE, *il chante.*

AIR : *Mon petit cœur.*

Ignorez-vous jusqu'où va ma puissance,
Ce qu'elle obtient & d'éclat & de prix?
J'ai relevé mon obscure naissance,
Et suis enfin l'Idole de Paris.

J'ai triomphé, même de l'Ariette,
Dont les attraits ont régné si long-temps;
Elle me cède, & sa prompte défaite
Rend mes succès encor plus éclatans.

MOLIÈRE.

Vraiment, je vous en félicite,
Il faut que vous ayez acquis bien du mérite.

LE VAUDEVILLE, *il chante.*

AIR : *V'la ce que c'est qu'd'aller au bois.*

D'un Théâtre plein d'agrément
Je suis la gloire & l'ornement.
J'y répète journellement
Trois heures entières,
Mes Chansons légères,
Et l'on s'écrie à tout moment:
C'est charmant, oh! c'est charmant.

AIR: *Est-ce un bonheur d'avoir un tirelire, lire, &c.*

Je crois que mes atours
Siéraient bien à Thalie,
Je veux par mon secours
La voir mieux accueillie,

Tout plein d'ardeur,
Pour ſon honneur,
Et pour ſon tirelire, lire,
Et pour ſon toureloure, loure,
Pour ſon bonheur.,

MOLIÈRE.

(*à part.*)

Je ſens que ſes refreins m'amuſent déjà moins.
(*Haut.*)
Monſieur du Vaudeville, elle doit de vos ſoins
Sans doute être reconnoiſſante,
Et peut de vos talens eſſayer la douceur.
Je ne vous croyais pas devenu grand Seigneur;
Mais craignez du Public la faveur inconſtante,
Souvent il prend pour goût ce qui n'eſt qu'engouement;
Il épuiſe un plaiſir, & l'uſe promptement.
Vous pouvez lui plaire un moment,
Et ce n'eſt pas un grand miracle;
Mais enfin, vos couplets ſi ſouvent répétés,
Trois heures de chanſons & de frivolités,
Ne ſauraient former un ſpectacle.
Pour un quart-d'heure, c'eſt fort bien;
Mais retenez de moi cette leçon utile:
Il ne faut abuſer de rien,
Et pas même du Vaudeville.
(*Appercevant la Muſe du Drame.*)
Qu'eſt-ce encor?.... Celui-là n'eſt pas ſi gai que vous.

SCÈNE XI.

MOLIÈRE, LE VAUDEVILLE, LA MUSE DU DRAME.

(Elle a l'air d'obſerver le Théâtre, ſans regarder les Acteurs.)

MOLIÈRE.

Quel noir accoûtrement! Quelle mine fantaſque!
Je crois qu'il va courir le maſque.
Monſieur.... ou Madame.... entre nous,
Je ne ſais trop lequel, à votre air amphibie....
Ici, chercheriez-vous Thalie?

LA MUSE DU DRAME.

Qui, moi! m'en préſerve le Ciel!
Pour qui me prenez-vous?

MOLIÈRE.

Pardon, ſi je m'abuſe.

LA MUSE DU DRAME.

Je ſuis une dixième Muſe:

MOLIÈRE.

Qui, vous!

LA MUSE DU DRAME.

Moi; rien n'eſt plus réel.

MOLIÈRE.

Je ne m'en doutais pas ; & le nom de Madame ;
Pourrait-on le savoir ?

LA MUSE DU DRAME.

C'est. . . . la Muse du Drame.

MOLIÈRE.

J'en connoissais deux jusqu'ici,
Ainsi que chacun sait, Thalie & Melpomène.

LA MUSE DU DRAME.

Sur moi toutes les deux ont usurpé la Scène.
La véritable Muse, en un mot, la voici.

MOLIÈRE, *à part.*

Je n'ai donc pas encor connu ma Souveraine.
(*Haut.*)
Peut-on vous demander ce que c'est que ces mots
Tracés sur des papiers, découpés en lambeaux ?

LA MUSE DU DRAME.

Ils sont puissans, sacrés ! . . . . avec une douzaine
De ces mots-là, Monsieur, qui sont un vrai trésor,
J'ai fait mille chef-d'œuvre, & j'en puis faire encor.
(Tournant autour d'elle, & lisant sur les papiers.)

MOLIÈRE.

Ah! Ciel!..oh, Dieu!..grand Dieu!..vertu!..crime!..nature

LE

LE VAUDEVILLE, *il chante.*

J'aime la Nature, moi,
J'aime la Nature. *Il ſort.*

LA MUSE DU DRAME.

Joignez-y force points, force exclamations,
De longs cris douloureux, & des convulſions,
Il ne m'en faut pas plus; la réuſſite eſt ſûre :
Jugez ſi j'ai formé des diſciples nombreux.
Votre emphatique Tragédie,
Depuis deux ſiècles applaudie,
Dictait dans ſon École un code rigoureux.
Il lui faut des mœurs héroïques,
Des intérêts d'État, des crimes politiques,
Des révolutions qui changent l'univers,
De grands hommes & de beaux vers.
Moi, j'ai mis de côté ces reſſources frivoles...
Je puis même au beſoin me paſſer de paroles.

MOLIÈRE.

Souvent vous feriez-bien, ſi j'en crois ce qu'on dit.

LA MUSE DU DRAME.

La Pantomime me ſuffit :
La Pantomime ſeule établit mon empire.
J'ai le plus grand mépris pour le talent d'écrire.
J'exerce un tout autre pouvoir.
Un geſte qui fait peur, un accent qui déchire,

La figure du désespoir... (*Elle fait une grimace horrible.*)
Oui, voilà tout mon art & ma seule magie.

MOLIÈRE.

Si bien que l'Auteur peut se passer de génie,
Les Acteurs de talent, les Spectateurs de goût...
C'est un genre commode, il dispense de tout.

LA MUSE DU DRAME.

Oui, le *goût !* le *talent !* bagatelle, folie,
Mots dénués de sens... la pitié, la terreur:
Voilà les grands ressorts !

MOLIÈRE.

Le dégoût & l'horreur,
Voilà les grands abus !

LA MUSE DU DRAME.

L'horreur, c'est ma partie
A moi; je ne me borne pas
A ces vulgaires attentats,
Dont cent fois le Théâtre a revu la peinture,
Meurtre, empoisonnement, parricide, parjure,
Inceste, trahison... Non, des crimes nouveaux,
Qui pourtant sont dans la nature,
Pour la première fois créés sous mes pinceaux;
Des spectacles affreux, d'incroyables tableaux:

Voilà mes coups de maître... Ici, je me figure,
Dans un ſujet tout neuf que je traite aujourd'hui,
Un amant accablé des peines qu'il endure,
Qui creuſera ſa ſépulture,
On verra le tombeau ſe refermer ſur lui.

MOLIÈRE.

J'ai vu ſur la tragique Scène
Les perſonnages expirer.
Madame, vous allez plus loin que Melpomène;
Vous les y faites enterrer.

LA MUSE DU DRAME, (*meſurant le Théâtre.*)

Je deſſine de l'œil un vaſte cimetière.

MOLIÈRE.

Local digne de vous!

LA MUSE DU DRAME, *ſe paſſionnant.*

La plaintive misère,
Des enfans affamés qui demandent du pain,
Mourans dans les bras de leur mère,
Des vieillards expirans au bord d'un grand chemin;
Des gibets, des cachots....

MOLIÈRE.

Ah! je perds patience,
Il faut que j'éclate à la fin.

Vous prenez pour un Art cette ſombre démence !
Eh ! quoi donc ! au Théâtre on n'ira s'aſſembler,
Que pour y voir accumuler,
Dans les plus dégoûtantes Scènes,
L'amas humiliant des misères humaines ?
Ce ſont-là les tableaux qu'on veut nous étaler ?
Non, par ces peintures affreuſes,
Trop près de la réalité,
Par ces images douloureuſes
Qui déſolent l'humanité,
Vous corrompez ſans fruit la douceur noble & pure
D'un plaiſir qui fut inventé
Pour conſoler des maux que nous fait la nature.
Ce n'eſt pas celle-là qu'au Théâtre il faut voir :
On doit à de tels maux une pitié réelle ;
Mais elle eſt amère & cruelle ;
Il faut que l'Art exerce un moins triſte pouvoir,
Qu'il émeuve mon cœur, & non qu'il le ſoulève :
Le Théâtre n'eſt pas l'Hôpital ou la Grêve.
Si j'y viens pour verſer des pleurs,
Ce n'eſt pas pour me faire un tourment de mes larmes,
Non, c'eſt pour les aimer, pour y trouver des charmes,
Et de l'illuſion reſſentir les douceurs.
A tous les mouvemens dont mon âme eſt ſaiſie,
Se mêle un charme heureux, né de la Poéſie.
En me faiſant frémir, en me faiſant pleurer,
Elle me donne encore le plaiſir d'admirer,
Et ce doux ſentiment que ſon Art me procure,

Eſt un nectar divin verſé ſur ma bleſſure.
Et vous comparerez à ſes puiſſans attraits,
Qui fondent du Théâtre & la gloire & l'empire,
Vos informes tableaux & vos hideux portraits,
Pareils aux rêves noirs d'un malade en délire ?
Elle annoblit la Scène, & vous l'aviliſſez ;
Elle attendrit les cœurs, & vous les flétriſſez.

LA MUSE DU DRAME.

Sans daigner perdre ici mon temps à vous répondre,
C'eſt par mes ſeuls ſuccès que je veux vous confondre ;
Je me flatte bientôt de l'emporter ſur tous,
Et nous verrons qui doit régner en ces lieux....

SCÈNE XIIe & *dernière.*

Le fond du Théâtre s'ouvre. On voit les Statues des grands Auteurs Dramatiques. Apollon eſt entre Melpomène & Thalie. Chacune d'elle conduit les Acteurs de ſon genre. Les autres Muſes ont auſſi leur ſuite, qui porte des guirlandes de fleurs & des couronnes de laurier. Molière ſe range à côté de Thalie, & les autres Perſonnages de la Pièce ſont autour d'elle. Au moment où le rideau de l'intérieur ſe lève, Apollon, Melpomène & Thalie diſent enſemble :

Nous.

APOLLON.

Reſpectez Apollon, les Muſes & Molière
Et ces Buſtes ſacrés que la France révère,
Où revivent les traits des immortels Auteurs,
De la Scène Françaiſe, appuis & fondateurs,
Organes & ſoutiens de mes Loix ſouveraines.
(*Montrant Melpomène & Thalie.*)
Du Théâtre à jamais ces deux Muſes ſont Reines :
(*au Vaudeville & à la Muſe du Drame.*)
Non que je veuille, en leur faveur,
Vous traiter l'un & l'autre avec trop de rigueur.
Je connais le danger d'être ſi difficile.
Le *Drame ſérieux*, le léger *Vaudeville*,

Dont je blâme l'abus, ſans leur ôter leur prix,
Tous les deux quelquefois admis,
Peuvent entrer dans mon domaine,
Et ſuivre, mais de loin, Thalie & Melpomène.
Ils feront mes Sujets & non mes Favoris.
J'ai ſouffert le burleſque, & Deſpréaux en gronde.
Scarron le mit en vogue, & je l'ai vu déchoir.
Pour ſatisfaire tout le monde
Je permettrai le genre noir.
La nouveauté, voilà ſur-tout ce qu'on ſouhaite.
Le Théâtre eut toujours beſoin de ſon appui.
Le génie embellit tous les genres qu'il traite,
Et les élève juſqu'à lui.
Oui, que tous les talens accroiſſent mon empire:
Que leur rivalité, leur émulation,
Travaille à l'affermir, & non à le détruire.
Que ce jour, dont la pompe en ces lieux les attire,
Conſacre leur réunion.

Aux Muſes.

Aux images de ces grands hommes,
Prodiguez de nouveaux honneurs,
Muſes, & c'eſt ainſi que le ſiècle où nous ſommes
Peut leur donner des Succeſſeurs.
De vos jeux, de vos dons uniſſez les douceurs :
Il faut de tout dans une fête ;
Et celle qu'ici l'on apprête
Sera la fête des neuf Sœurs.

MOLIÈRE.

Leur zèle à vous ſervir trouvera tout facile,
Et pour rendre à la fois tous les goûts ſatisfaits,
Sur-tout pour contenter Monſieur du Vaudeville,
Nous chanterons quelques couplets.

On danſe, & les Muſes vont placer des guirlandes autour des Statues, & les couronner de lauriers.

MOLIÈRE, *il chante.*

AIR: *Chanſons, Chanſons.*

Mes Amis, un Couplet de Fête
Peut, ſans voix, ſans art qui l'apprête,
Être chanté;
On ne s'y rend pas difficile,
Tout ce qu'il faut au Vaudeville,
C'eſt la gaîté.

THALIE, *elle chante.*

Ce refrein eſt fait pour me plaire,
Mon art, mon goût, mon caractère,
En eſt flatté.
Je ne permets pas qu'on l'oublie;
L'heureux attribut de Thalie,
C'eſt la gaîté.

APOLLON, *il chante.*

Molière a dit dans ſes Ouvrages,
A tous les rangs, à tous les âges,
La vérité:

Ce qui rend la leçon ſi bonne,
C'eſt le ſel dont il l'aſſaiſonne,
C'eſt la gaîté.

M. MISOGRAMME, *il chante.*

Des Beaux-Eſprits ma Femme eſt folle,
Elle a ſans doute à leur école,
Bien profité,
Pour moi, mon humeur un peu ronde,
Donnerait tout l'eſprit du monde
Pour la gaîté.

THALIE, *à Melpomène.*

Ma ſœur, vous croyez donc nous entendre & vous taire?

APOLLON, *à Thalie.*

La majeſté tragique....

THALIE, *à Melpomène.*

Oh! chantez, s'il vous plaît.
Jamais la dignité même la plus auſtère
N'a dérogé pour un couplet.

MELPOMÈNE, *elle chante.*

Parler aux cœurs eſt ma ſcience,
Émouvoir, voilà ma puiſſance
Et ma beauté.
Mais quand ma ſœur sèche vos larmes,
Vous n'en ſentez que mieux les charmes
De ſa gaîté.

THALIE.

Il faut bien plus, il faut faire chanter. .... Madame.
(*à Apollon.*)   (*En montrant la Muse du Drame.*)
Allez-vous dire aussi la majesté du Drame ?

LA MUSE DU DRAME, *chante d'un ton lamentable.*

AIR : *Mon Cœur charmé de sa chaîne, &c.*

Aux sombres beautés du Drame,
Quel cœur ne se rendrait pas ?
De sa ténébreuse flamme
Admirez les noirs éclats.
Hélas !
Hélas !
Rien n'est si beau que le Drame,
Ah ! que le Drame a d'appas !

MOLIÈRE.

Allons, ne troublons plus sa tristesse profonde ;
Laissons à chacun son humeur.
(*au Vaudeville.*)
A votre tour, Monsieur, il faut finir la ronde ;
Vous avez par-tout cet honneur.

LE VAUDEVILLE. *chante.*

Un Auteur tremble & perd courage,
Lorsque devant vous son Ouvrage
Est présenté ;
Mais si la Pièce est applaudie,
Ce bruit vient lui rendre la vie
Et la gaîté.

La Pièce finit par une marche générale.

Lu & approuvé, SUARD.

Vû l'Approbation ; permis de représenter & imprimer. A Paris, ce 21 Mars 1782. LE NOIR.

www.ingramcontent.com/pod-product-compliance
Ingram Content Group UK Ltd.
Pitfield, Milton Keynes, MK11 3LW, UK
UKHW020321220726
13923UKWH00003B/1288

9 782329 107875